世界大作家儿童文学文库

金鸡的故事

〔俄〕普希金 著　　任溶溶 译

人民文学出版社　天天出版社

图书在版编目（CIP）数据

金鸡的故事 / (俄罗斯) 普希金著；任溶溶译. --北京：天天
出版社，2024.3
（世界大作家儿童文学文库）
ISBN 978-7-5016-2254-2

Ⅰ.①金… Ⅱ.①普… ②任… Ⅲ.①儿童诗歌 – 诗集 – 俄
罗斯 – 近代 Ⅳ.①I512.82

中国国家版本馆CIP数据核字(2024)第045345号

责任编辑：董 蕾　　　　　　　　　**美术编辑：卢 婧**
责任印制：康远超 张 璞

出版发行： 天天出版社有限责任公司
地址： 北京市东城区东中街 42 号　　　　**邮编：** 100027
市场部： 010-64169902　　　　　**传真：** 010-64169902
网址： http://www.tiantianpublishing.com
邮箱： tiantiancbs@163.com

印刷： 北京鑫益晖印刷有限公司　　　**经销：** 全国新华书店等
开本： 880×1230　 1/32　　　　　　**印张：** 5
版次： 2024 年 3 月北京第 1 版　**印次：** 2024 年 3 月第 1 次印刷
字数： 65 千字

书号： 978-7-5016-2254-2　　　　　**定价：** 30.00 元

目　录

金鸡的故事

很远很远有个地方，
那地方有一个国邦。
国王达顿谁不晓，
从年轻起就霸道。
他经常去欺负邻邦，
像是家常便饭一样。
可他如今年纪老，
只想不再动兵刀。
他想过过太平日子，
无奈邻邦不断生事，
给他这位老国王，
带来可怕的灾殃。
为了能把边疆保住，
不让邻邦侵犯国土，
他得养着一支兵，
人数少了还不行。
将军们都没打瞌睡，
可怎样也措手不及：

以为南边来敌人，
却从东边来入侵，
陆地守得固若金汤，
凶恶"客人"来自海上……
达顿气得都流泪，
气得觉也没法睡。
老是提心吊胆怎行？
只好求助一位哲人。
这位哲人会占星，
这占星家灵得很。
国王于是派人去请。

哲人果然应邀光临。
他打开了布口袋，
把只金鸡拿出来。
他仔细地叮嘱国王：
"金鸡放在高杆顶上。
我的这只小金鸡，

帮你守望没问题：

如果四方太太平平，

它就待着安安静静；

只要碰到有地方，

忽然可能会打仗，

或者碰到敌军侵犯，

或者碰到其他灾难，

我的这只小金鸡，

鸡冠就会猛竖起，

喔喔啼叫，拍动翅膀，

转向出事那个方向。

国王感谢这个哲人，

答应重重赏黄金。

他狂喜着对哲人说道：

"为了酬谢你的功劳，

你要什么给什么，

就像是我自己要。"

金鸡就此在高杆上，

帮他守望四面边疆。

一见哪儿有险情，

它像梦中猛惊醒，

浑身抖动，拍着翅膀，

转向出事那个方向。

"喔喔喔喔，放心床上躺，

安心当你的国王！"

邻邦从此服服帖帖，

再也不敢兴兵侵略，

因为这位达顿王，

到处都能作抵抗！

一年两年太太平平，

金鸡一直安安静静。

可有一天吵得凶，

国王一下给惊醒。

"我们陛下！我们国父！"

将军前来，向他禀诉，

"陛下，不好，请醒醒！"

"诸位，有什么事情？

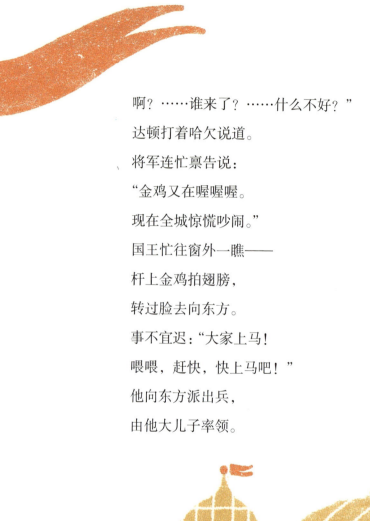

啊？……谁来了？……什么不好？"
达顿打着哈欠说道。
将军连忙禀告说：
"金鸡又在喔喔喔。
现在全城惊慌吵闹。"
国王忙往窗外一瞧——
杆上金鸡拍翅膀，
转过脸去向东方。
事不宜迟："大家上马！
喂喂，赶快，快上马吧！"
他向东方派出兵，
由他大儿子率领。

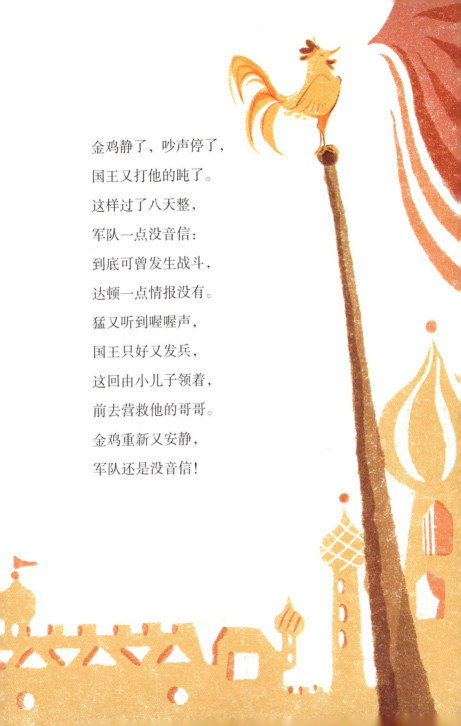

金鸡静了，吵声停了，
国王又打他的盹了。
这样过了八天整，
军队一点没音信：
到底可曾发生战斗，
达顿一点情报没有。
猛又听到喔喔声，
国王只好又发兵，
这回由小儿子领着，
前去营救他的哥哥。
金鸡重新又安静，
军队还是没音信！

这样又过去了八天，

人们天天提心吊胆。

忽然又是喔喔声，

国王第三次出兵：

御驾亲征向东方走。

军队日跑夜也跑，

累得简直受不了。

战场，营垒，或者坟岗，

国王一路全没碰上。

"这真是件稀奇事！"

他的心里在寻思。

又过去了整整八天，

他带着兵进入山间。

在这崇山峻岭中，

猛见一座绸帐篷。

帐篷周围惊人地静，

可是就在狭谷当中，

躺满牺牲的士兵，

达顿忙向帐篷走……

多可怕的一个场面，

两个儿子就在眼前：

地上躺着他们俩，

没有头盔没铠甲，

剑对穿过两人身体，

他们的马，在草地上徘徊，

茂密细草都踩乱，

只见上面血斑斑……

国王号叫："噢，孩子们！

我如今是多么倒运！

我的双鹰落入罗网！

苦啊！我也不能活。"

大家跟着达顿哀喊，

山谷深处也在长叹，

群山心脏在发抖。

忽然就在这时候，

帐篷打开……

一个姑娘走出来，

这沙马汗女王，
全身闪闪发霞光，
静静迎接老国王。
国王像夜鸟对朝阳，
哑口无言，定睛凝望。
两个儿子的惨死，
在她面前全忘记。
女王露出妩媚笑容，
向他深深鞠了个躬，
接着拉住他的手，
领着他往帐篷走。
让他桌旁坐下喝酒，
请他饱尝各种珍馐，
整整一个星期工夫，
他完全在享乐。

最后达顿班师还朝，
一路朝着京城狂跑，
大军脚步震天响，

身旁是那美姑娘。

消息跑得比他们快，

真真假假，传了开来。

到了京城城门旁，

百姓欢闹迎国王，

跟着华丽马车飞奔，

追着女王以及达顿。

达顿招手在致意……

忽然看见人群里，

有个人戴尖顶白帽，

头发雪白，像天鹅毛。

这是哲人老相识。

"哎呀，你好，老爷子！

要说什么？"国王问道，

"请走近些！有何见教？"

"陛下！"哲人对他讲，

"最后总该结结账。

记得为了我的效劳，

你像对待朋友，曾答应道：

'你要什么给什么，

就像是我自己要。'

请赐给我这位姑娘，

这沙马汗女王……"

国王听了吓一跳。

"什么？"他对老头哇哇叫。

"难道你是魔鬼上身？

难道你是头脑发昏？

你到底在想什么？

我答应过，这不错，

可凡事都有个限度！

你要姑娘有啥用处？

你可知道我是谁？

你要别的无所谓：

贵族封号，国库财宝，

或者御马，任由你挑，

半个王国也可以！"

"可我别的不中意！

请赐给我这位姑娘，

这沙马汗女王。"

哲人坚持回答道。

国王唾了一口："大胆，办不到！

什么你也别想到手。

你这罪人，自作自受。

滚吧，趁没丢脑袋！

来呀，把这老家伙拉开！"

老头儿还想争个明白，

跟国王争，下场准坏：

国王举起了王杖，

打在他的脑门上。

哲人倒下，呜呼哀哉，

全城的人哆嗦起来。

只有姑娘罪孽全不怕，

她嘻——嘻——嘻，哈——哈——哈！

国王尽管心里发颤，

向她装出温柔笑脸。

他坐着车就进城，

忽然传来喔喔声：

当着全城人的眼睛，

金鸡一直飞下杆顶，

它在马车上下降，

落在国王头顶上，

拍着翅膀，啄他的头，

然后飞旋而上……

就这时候，

车上掉下那达顿，

哎呀一声——命已归阴！

女王忽然不知去向，

就像从未有过一样。

童话是假，但有寓意！

对于青年，很有教益。

地主和他的长工
巴尔达的故事

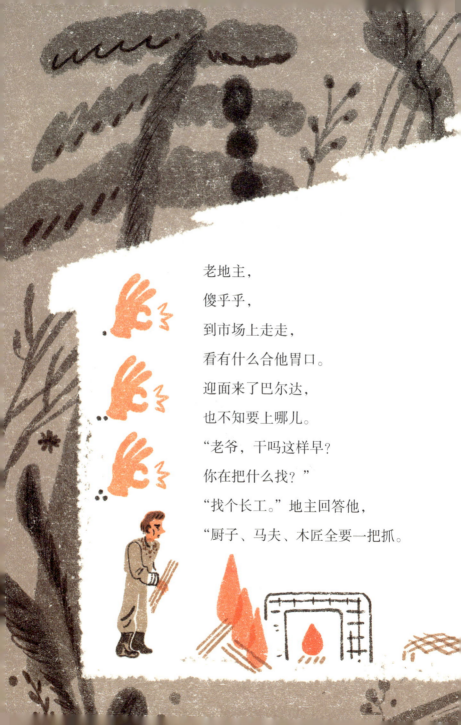

老地主，

傻乎乎，

到市场上走走，

看有什么合他胃口。

迎面来了巴尔达，

也不知要上哪儿。

"老爷，干吗这样早？

你在把什么找？"

"找个长工。"地主回答他，

"厨子、马夫、木匠全要一把抓。

工钱又要不怎么高，

这样的人，不知哪儿能找。"

巴尔达说："这活儿我来给你干，

管保勤快不偷懒。

一年只要弹你三下额头。

吃很随便，就点麦粥。"

地主马上动脑筋，

伸手搔搔自己的脑门。

弹脑门嘛，可重可轻，

碰运气吧，当下决定。

"那好，就依你的办，

反正大家都合算。

你住到我庄园里来，

看看你有多么勤快。"

巴尔达跟他回府，

铺点干草当床铺。

四人的饭他一顿吃，

干起活儿来一个顶七。

天没亮就干了许多活儿，

套马犁地，犁得快又多，

东西买好，炉子生着，

煮熟鸡蛋，还带剥壳。

太太连声把他夸，

小姐生怕累死他，

少爷对他大叫"爸爸"，

他得煮粥，兼带娃娃。

就是地主不爱巴尔达，

从来也不怜惜他。

地主老是想到报酬，

时间过去，限期已近。

地主不吃不喝睡不着，

脑门像要裂开，疼得受不了。

他对太太吐露真言：

"如此这般，该怎么办？"

太太头脑特别灵，

出坏主意最聪明。

她说："我自有道理，

保证事情逢凶化吉：

派一件他不胜任的事情，

又偏要他做到，差一点也不行。

这样你的脑门不会挨揍，

咱们一分钱不花，把他撵走。"

地主听了略略心放宽，

看起巴尔达来也放胆。

"巴尔达，"他大叫一声，

"过来，我忠心的长工。

你听我说，魔鬼本该给我交年金，

一直交到我的命归阴。

这种收入再好没有，

可拖欠了三个年头。

吃完麦粥你去找魔鬼，

全部欠债给我都讨回。"

巴尔达也不多争辩，

动身就走，坐在海边。

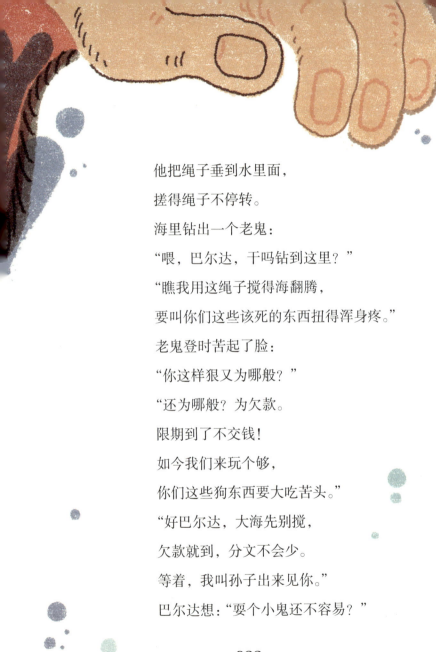

他把绳子垂到水里面，

搓得绳子不停转。

海里钻出一个老鬼：

"喂，巴尔达，干吗钻到这里？"

"瞧我用这绳子搅得海翻腾，

要叫你们这些该死的东西扭得浑身疼。"

老鬼登时苦起了脸：

"你这样狠又为哪般？"

"还为哪般？为欠款。

限期到了不交钱！

如今我们来玩个够，

你们这些狗东西要大吃苦头。"

"好巴尔达，大海先别搅，

欠款就到，分文不会少。

等着，我叫孙子出来见你。"

巴尔达想："耍个小鬼还不容易？"

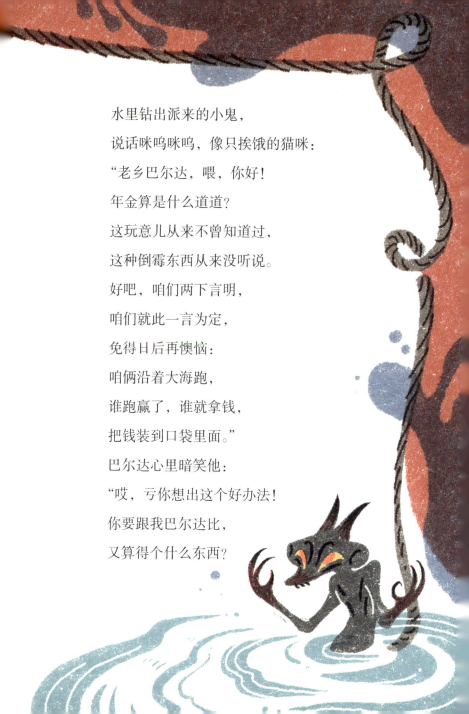

水里钻出派来的小鬼，

说话咪呜咪呜，像只挨饿的猫咪：

"老乡巴尔达，喂，你好！

年金算是什么道道？

这玩意儿从来不曾知道过，

这种倒霉东西从来没听说。

好吧，咱们两下言明，

咱们就此一言为定，

免得日后再懊恼：

咱俩沿着大海跑，

谁跑赢了，谁就拿钱，

把钱装到口袋里面。"

巴尔达心里暗笑他：

"哎，亏你想出这个好办法！

你要跟我巴尔达比，

又算得个什么东西？

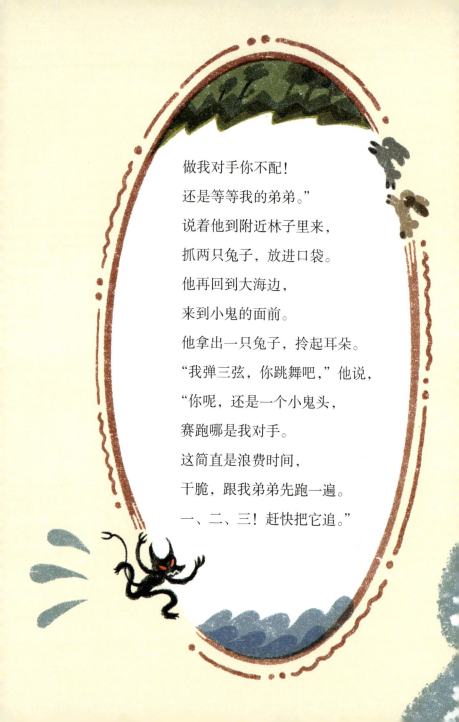

做我对手你不配！

还是等等我的弟弟。"

说着他到附近林子里来，

抓两只兔子，放进口袋。

他再回到大海边，

来到小鬼的面前。

他拿出一只兔子，拎起耳朵。

"我弹三弦，你跳舞吧，"他说，

"你呢，还是一个小鬼头，

赛跑哪是我对手。

这简直是浪费时间，

干脆，跟我弟弟先跑一遍。

一、二、三！赶快把它追。"

小鬼、兔子撒腿跑得快如飞。

小鬼顺着海边狂奔，

兔子马上回家，钻进树林。

瞧吧，小鬼沿着海边绕了一大圈，

累得拖长舌头仰起脸，

上气不接下气地喘，

浑身是汗，爪子拼命地揩。

他想巴尔达准输，

可是一看——他在把弟弟爱抚，

边摸边说："我的亲弟弟，

可怜的家伙，你累坏了！休息休息。"

小鬼一下吓掉魂，

夹起尾巴不作声。

斜眼把那兔子弟弟再瞧一眼，

说道："等着等着，我去拿钱。"

他忙来见爷爷："大事可不好！"

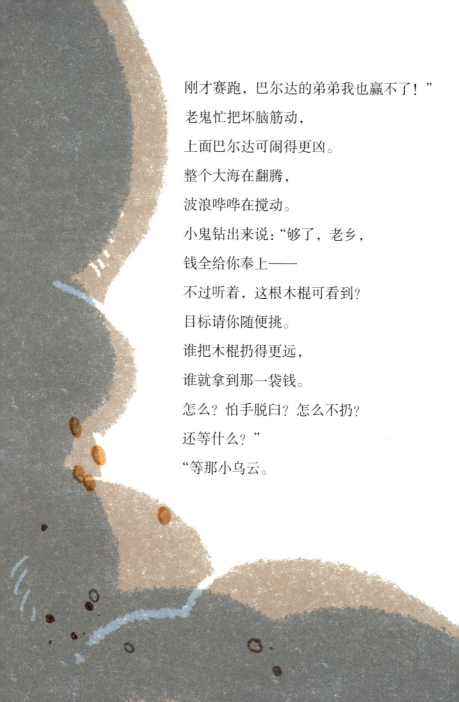

刚才赛跑，巴尔达的弟弟我也赢不了！"

老鬼忙把坏脑筋动，

上面巴尔达可闹得更凶。

整个大海在翻腾，

波浪哗哗在搅动。

小鬼钻出来说："够了，老乡，

钱全给你奉上——

不过听着，这根木棍可看到？

目标请你随便挑。

谁把木棍扔得更远，

谁就拿到那一袋钱。

怎么？怕手脱臼？怎么不扔？

还等什么？"

"等那小乌云。

我先把木棍扔到那里，

再跟你们来比高低。"

小鬼吓得跑回家，

告诉爷爷，又输给了巴尔达。

巴尔达在上面又闹，

转动绳子，吓得魔鬼心惊肉跳。

小鬼再钻出来："急什么？

要钱有钱，先听我……"

"不对不对，该轮到我，"

巴尔达止住他说，

"这回我来定条件，

对手，你得照我说的办。

倒要看看你力气有多大。

看见没有，那边一匹灰马，

你把这马高举起，

举着它走半里地。

你办得到，钱归你得，

你办不到，钱就归我。"

这个小鬼真可怜，

忙往马肚子下面钻，

一下鼓起全身的劲，

浑身肌肉全都绷紧。

他举起马走了两步，摇摇晃晃像喝醉，

第三步就趴下，伸直两条腿。

巴尔达说："真是饭桶，

还说较量，简直做梦！

举着马走你也办不到，

瞧我，用脚一夹就能让它跑。"

巴尔达上马就狂奔，

跑了一里，只见灰尘滚滚。

小鬼吓得赶紧逃回家，

告诉爷爷，又败给了巴尔达。

老鬼小鬼慌成一团，

没有办法，只好交清欠款。

把这袋钱放上巴尔达的肩。

巴尔达回家来，走得直喘气，

地主一见猛跳起，

赶紧躲到太太背后，

吓得浑身瑟瑟发抖。

可巴尔达马上找到他，

年金交出，要把工钱拿。

可怜地主

将脑门伸出。

第一回，"噔"一弹，

地主蹦上天花板。

到第二回，弹他一下，

地主变了哑巴。

弹到第三下，

地主变了大傻瓜。

巴尔达训老地主说：

"地主，便宜可贪不得。"

渔夫和金鱼的故事

有一个老头儿，和老太婆，

居住在蔚蓝的大海旁边。

老两口住一间破旧泥棚，

整整地居住了三十三年。

老头儿天天去撒网打鱼，

老太婆在家里纺纱织线。

有一天老头儿撒下了网，

拉上来渔网里尽是海藻。

老头儿第二回撒下网去，

落网的又都是一些海草。

老头儿第三回把网撒下，

这一回网到了一条小鱼，

可不是普通鱼——是条金鱼。

这一条小金鱼还能说话，

用人话苦苦地求老人家：

"老大爷，请把我放回大海！

为赎身，我给你高昂代价：

只要你要什么，就给什么。"

老头儿吃一惊，心中害怕：

他打鱼都打了三十三年，

鱼说话可从来没碰到过。

他忙把小金鱼放回水中，

对这条小金鱼亲切地说：

"小金鱼，我不要你给我什么报答。

你还是回到那蔚蓝水中，

回到那大海里自由玩耍。"

老头儿回家来见老太婆，
把这件大怪事对她细说：
"我今天捉到了一条小鱼，
不是条普通鱼，是条金鱼。
小金鱼还会说我们人话，
哀求我把它给放回海中。
为赎身，它肯出高昂代价：
我向它要什么它都答应。
可是我不敢要任何报酬，
就把它放回了蓝海里头。"
老太婆听完了，破口大骂：
"你是个大傻瓜，是个饭桶！
向金鱼要报酬，这也不懂！
你哪怕讨一个木盆也好，
咱们的旧木盆破得不行。"

老头儿又回到蔚蓝海边，
只看见大海在颤动微波。

他开口呼唤那小小金鱼，
小金鱼游过来，问老头说：
"老大爷，你现在想要什么？"
老头子行个礼，回答它道：
"求求你，小金鱼，请行行好。
我家的老太婆骂我一通，
不给我老头儿片刻安宁。
她说是要一个新的木盆，

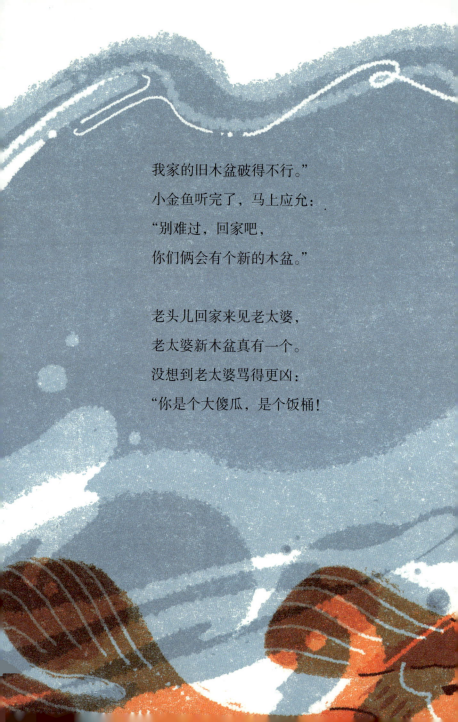

我家的旧木盆破得不行。"

小金鱼听完了，马上应允：

"别难过，回家吧，

你们俩会有个新的木盆。"

老头儿回家来见老太婆，

老太婆新木盆真有一个。

没想到老太婆骂得更凶：

"你是个大傻瓜，是个饭桶！

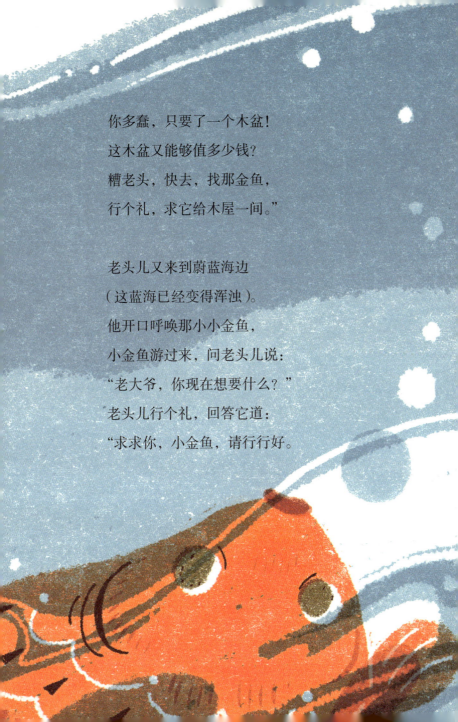

你多蠢，只要了一个木盆！
这木盆又能够值多少钱？
糟老头，快去，找那金鱼，
行个礼，求它给木屋一间。"

老头儿又来到蔚蓝海边
（这蓝海已经变得浑浊）。
他开口呼唤那小小金鱼，
小金鱼游过来，问老头儿说：
"老大爷，你现在想要什么？"
老头儿行个礼，回答它道：
"求求你，小金鱼，请行行好。

我家的老太婆骂得更凶，

不给我老头儿片刻安宁，

吵闹的老太婆要间木屋。"

小金鱼听完了，马上回复：

"别难过，回家吧，

准没错，你们会有间木屋。"

老头儿回家来找那泥棚，

可这间小泥棚没了影踪。

他面前是木屋，房间明亮，

有一扇橡木板做的大门，

有一个砖砌的雪白烟囱。

老太婆正坐在窗子旁边，

马上就破口骂她的丈夫：

"你是个大傻瓜，是个饭桶！

多么蠢，只要了一间木屋！

快去，向金鱼行一个礼：

我不愿做一个低贱农妇，

我想要做一位世袭贵族。"

老头儿又来到蔚蓝海边

（这一回这蓝海十分不安）。

他开口呼唤那小小金鱼，

小金鱼游过来，问老头儿说：

"老大爷，你现在想要什么？"

老头子行个礼，回答它道：

"求求你，小金鱼，请行行好！

老太婆这一回骂得更凶，

不给我老头儿片刻安宁。

她如今不愿做一个农妇，

她想要做一位世袭贵族。"

小金鱼听完了，随即开口：

"别难过，回家吧。"

老头儿回家来见老太婆。

他看到什么呀？高楼一座。

老太婆站立在门阶上面，

身上穿名贵的貂皮坎肩，

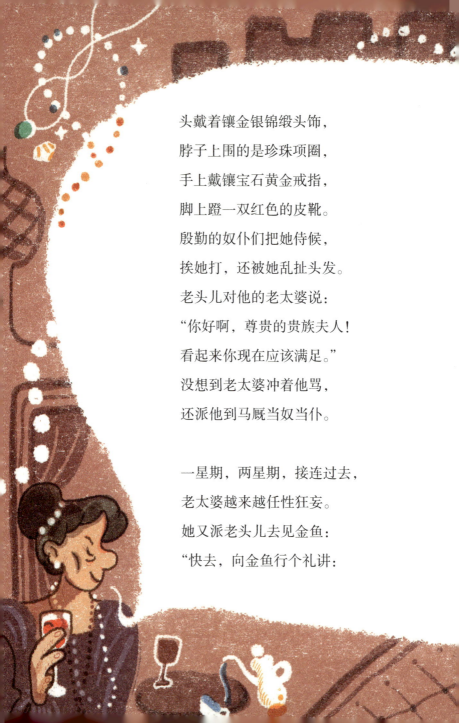

头戴着镶金银锦缎头饰，

脖子上围的是珍珠项圈，

手上戴镶宝石黄金戒指，

脚上蹬一双红色的皮靴。

殷勤的奴仆们把她侍候，

挨她打，还被她乱扯头发。

老头儿对他的老太婆说：

"你好啊，尊贵的贵族夫人！

看起来你现在应该满足。"

没想到老太婆冲着他骂，

还派他到马厩当奴当仆。

一星期，两星期，接连过去，

老太婆越来越任性狂妄。

她又派老头儿去见金鱼：

"快去，向金鱼行个礼讲：

我不愿再做这世袭贵族，
我要当一个自在的女王。"
老头儿吓一跳，恳求她说：
"你怎么，老太婆，吃错药啦？
你说话，你走路，都不像样，
只会叫全国人把你笑话。"
老太婆这一气非同小可，
猛抬手给老伴一个耳光：
"跟我这世袭的贵族夫人，
你这个庄稼汉竟敢顶撞。
赶快到海边去，要是违抗，
老实说，我也要押你前往。"

老头儿又只好来到海边
（这时候蔚蓝的大海发暗）。

他开口呼唤那小小金鱼。

小金鱼游过来，问老头儿说：

"老大爷，你现在想要什么？"

老头儿行个礼，回答它道：

"求求你，小金鱼，请行行好！

我那个老太婆又大发雷霆，

她如今不愿做贵族夫人，

想要做一个自在的女王。”
小金鱼听完了，回答他讲：
“别难过，回家吧。
没问题，老太婆将是女王！”

老头子回家来见老太婆。
这是什么呀？王宫一幢。
他看见老太婆真成女王，
在宫里正用膳坐在桌旁。
侍候的尽都是大臣贵族，
给她斟外国的高级美酒，
吃的饼花样多，样样都有。
四周围站着些威武卫士，
把一些利斧钺扛在肩头。
老头儿猛一见，心惊胆怕！
忙向她跪下来叩头行礼，
嘴里说：“你好啊，威严女王！

这一回你总该称心如意？"

老太婆对老头儿瞅也不瞅，

吩咐人从眼前将他赶走。

贵族们一听说忙奔上前，

抓住他后脖颈叉了就走。

到门口卫士们跑上前来，

差点儿用利斧砍他脑袋。

所有人把老头儿冷言讥笑：

"你这个大老粗，真是活该！

对于你这种人是个教训：

这地方不该来，就不要来！"

一星期，两星期，接连过去，

老太婆越来越任性狂妄。

她派人马上去带她丈夫，

老头儿给找到，来见女王。

老太婆对老头下命令说：

"快去，向金鱼行个礼讲：

我不愿再做这自在女王，

我想要做一个海上霸王：

好让我生活在海洋上面，

让这条小金鱼把我侍奉，

让这条小金鱼供我差遣。"

老头儿听完了，不敢抗命，

连"不"字也不敢说上一声。

他于是又来到蔚蓝海边，

只见海上刮起黑色暴风：

狂怒的大海浪澎湃汹涌，

吼叫，呼啸，又是翻腾。

他开口呼唤那小小金鱼，

小金鱼游过来，问老头儿说：

"老大爷，你现在想要什么？"

老头儿行个礼，回答它道：

"求求你，小金鱼，请行行好！

该死的老太婆叫我无奈！

她如今不愿做一个女王，

她想要做一个海上霸王，

好让她生活在海洋上面，

好叫你小金鱼把她侍奉，

从今后你专门供她差遣。"

小金鱼什么话也没有说，

它只是用尾巴拍了拍水，

一转身潜入了深深海底。

老头儿在海边等了半天，

没回音，就回家见老太婆——

他眼前依旧是那间泥棚，

门槛上坐着他那老太婆，

她面前还是那破旧木盆。

公主和七勇士的故事

沙皇告别皇后以后，
理好行装，登程远游。
皇后独坐在窗边，
等他一天又一天。
从大清早等到深夜，
望着外面一片田野，
黎明望到夜深沉，
一直望到眼睛疼。

亲爱伴侣她看不见，
只见风雪呼呼打转。
雪花飘落田野上，
大地一片白茫茫。
眼睛这样不离田野，
转眼过去整九个月，
她生下了一个女儿。
直到这个大清早晨，
朝思暮想的那客人——
当了爸爸的沙皇，
才从远方回家乡。
皇后抬头把他看看，
深深发出一声长叹，
经受不住这狂喜，
早饭之前咽了气。

沙皇久久很伤心，
可怎么办？他是凡人，
一年过去像场梦，

跟个姑娘又成亲。

说实在话，这个姑娘，

的确生得皇后福相：

身材苗条，皮肤白，

聪明伶俐，有能耐，

就是骄傲，架子十足，

非常任性，而且善妒。

在她那些妆奁中，

带来一面小魔镜。

这面镜子不同寻常，

它连人话也都会讲。

皇后独自同它在一起，

也就变得高兴又和气，

跟这镜子亲热谈笑，

同时就要自我炫耀：

"亲爱的镜子你回答，

请你说句老实话：

世上可是我最可爱，

最红润，最雪白？"

镜子马上回答说：

"当然是你，这没错。

是皇后你最可爱，

最红润，最雪白。"

皇后乐得哈哈笑，

两个肩头一翘翘，

一双媚眼眨了两眨，

指头弹弹，咔嗒咔嗒，

双手叉腰左右转，

神气地把镜子照半天。

可这时候，小公主她，

不知不觉，悄悄长大。

日里长来夜里大，

一下长成一枝花，

眉毛乌黑，脸蛋雪白，

性情温柔，极其可爱。

有人向她求婚来，

就是王子叶利赛。

媒人来谈，沙皇应允，

准备好了各种妆奁：

通商城市共七座，

楼房一百四十所。

婚礼前夕姑娘聚会，

皇后打扮，要去出席。

她坐在那镜子前，

一面化妆一面谈：

"你说可是我最可爱，

最红润，最雪白？"

你猜镜子怎么说？

"你很漂亮，这没错。

可是公主最可爱，

最红润，最雪白。"

皇后听了跳起来，

把一只手乱摇摆，

拍打镜子，气得发昏，

使劲咚咚蹬着鞋跟！……

"哼，你这镜子真混账！

竟对我把胡话讲。

她跟我比，哪比得上？

我要叫她不敢妄想。

瞧她长成什么样？

说她雪白还可讲：

她妈怀着她的时候，

坐在那里，光把雪瞅！

可她比我更可爱，

你倒说说怎么会？

你得承认：我最美丽，

整个国家没人能比，

岂止全国，是普天下。

对吧？"

镜子却回答：

"还是公主最可爱，

最红润，最雪白。"

皇后听了没法想，

恶毒妒意涌心上。

她把镜子扔到凳下，

叫来丫鬟契诺夫卡。

她吩咐这个丫鬟，

马上就去这么办：

把小公主带进密林，

用根绳子把她捆紧，

扔在那儿松树下，

让饿狼来吃掉她。

说服泼妇谈何容易，

根本没法跟她讲理。

丫鬟带着小公主，

一直来到林深处。

走那么远，公主猜到怎么回事，

她一下子吓得要死。

"我的好人，"她忙哀求说，

"请问我有什么错？

不要杀我，好心姑娘，

等我王后一旦当上，
我一定要报答你。"
丫鬟对她很怜惜，
既没杀她，也没捆绑，
把她放走，对公主讲：
"不要伤心，我会帮助你。"
说完丫鬟就回宫里。
皇后问她："事情怎样？
那美人在什么地方？"

"独自在林中留下，"
丫鬟这样回答她，
"她的双手紧紧捆牢，
一准落入野兽魔爪，
时候用不着多少，
她的性命就丢掉。"
流言蜚语开始传扬，
说是公主不知去向！
可怜国王苦难挨。
再说王子叶利赛，

他虔诚地祈求上苍，
随即出发四处寻访，
去找心爱的美人儿，
去找年轻未婚妻。
他未婚妻这个时候，
在林子里走了一宿，
一直走到大天亮，

走近一座高楼房。

一只狗跑过来，汪汪汪，

到她身边，也就不嚷。

她走进了院子门，

院子里面静得很。

公主一路轻轻地走，

狗亲热地跟在后头。

公主来到台阶上，

抓住门环轻推搡。

门悄悄地打开，

公主到敞亮的房间来。

四周长凳围一圈，

长凳上面铺毛毡。

屋子里放橡木桌一张，

还有炉子、铺瓷砖的炕。

姑娘一看就认准，

这儿住的是好人。

他们不会把她欺负！——

可是四周人影全无。

公主环屋走一遭，

把一切都收拾好。

她把蜡烛点亮，

她把炉火生旺，

然后爬到阁楼上，

静静地在上面躺。

到了吃中饭的时分，

外面响起踏步声音。

进来七名大勇士，

七名红脸大胡子。

老大说道："多么稀奇！

屋子这样好看整齐。

有人前来收拾过，

还把主人等待着。

是谁？请您把脸露露，

咱们好好交个朋友。

如果是位老大爷，

就当我们的大爷。

如果是位精壮汉子，
咱们大家就做兄弟。
如果是位老妈妈，
我们尊您做亲妈。
如果是位美丽姑娘，
我们就做你的兄长。"

公主下来见他们，
公主下来见房屋的主人，
她深深地鞠一个躬，
十分抱歉，满脸绯红，
因为他们没请她，

自己闯进他们家。

七位勇士听她谈吐，

就知道她是位公主，

请她坐在屋角上，

端来馅饼请她尝，

还把酒杯斟得满满，

用盘端到她的面前。

植物酿的这种酒，

她可没有喝一口，

只把一个馅饼掰开，

吃了那么小小一块。

她在路上走得累，

请求让她歇一会。

七位勇士把这姑娘，

带到楼上明净卧房，

让她独自留下来，

让她安心好好睡。

一天一天飞快过去，

公主就在大森林里，

跟七勇士一起过，

一点也不感到寂寞。

每天早晨不等天明，

七兄弟就一起出门。

他们一起溜达，

一起打灰野鸭；

只要右手伸展一下，

强盗匪人就打下马；

公主成了女当家，

家里这时只剩她，

她又收拾，她又做饭，

他们心意，从不违反，

他们也依她的办，

把她当成他们的亲妹妹，

这样过了一天又一天。

这时那个狠毒皇后，

公主的事又上心头，

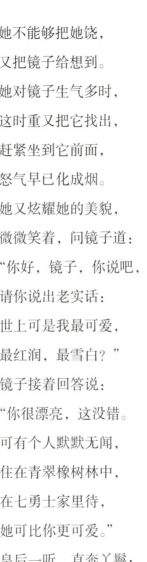

她不能够把她饶，
又把镜子给想到。
她对镜子生气多时，
这时重又把它找出，
赶紧坐到它前面，
怒气早已化成烟。
她又炫耀她的美貌，
微微笑着，问镜子道：
"你好，镜子，你说吧，
请你说出老实话：
世上可是我最可爱，
最红润，最雪白？"
镜子接着回答说：
"你很漂亮，这没错。
可有个人默默无闻，
住在青翠橡树林中，
在七勇士家里待，
她可比你更可爱。"
皇后一听，直奔丫鬟：

"竟敢骗我？你好大胆！
到底怎么回事情？……"
丫鬟只好都招认：
如此这般。那坏皇后
就用死刑威胁丫鬟：
"公主要是不杀掉，
你的性命别想保。"

一天，公主独自一人，
在等她的亲哥哥们，
坐在窗口纺着纱，
忽然听见台阶下，
狗很凶地汪汪狂喊，
一个老妇前来讨饭。
她在院子里面走，
用根棍子在赶狗。
"老大娘你等我一下，"
公主在窗子里叫她，
"我来把狗给赶开，

给你拿点吃的来。"

老妇听了，回答她讲：

"哎呀，你真是个好心姑娘！

该死的狗缠得真要命，

简直想要咬死人。

瞧它，叫成什么样子！

你出来吧，到我这里。"

公主要去给她面包吃，

可是刚一下台阶，

狗在她的脚下狂喊，

不让到老太婆身边。

老太婆想要靠拢，

它比野兽还要凶，

一直去扑那老太婆。

多么奇怪？公主就说：

"它一准是没睡好。

接住！"她扔去面包。

老太婆把面包接过。

她谢过了那小公主，

她向公主扔来一个
成熟鲜嫩的金黄苹果……
狗一下子蹦蹦跳，
开始大声汪汪叫……
可是公主已经接住了它。
"我亲爱的，吃苹果吧，
也好解解心里烦。
我谢谢你一顿饭……"
老太婆这话说完，
鞠了个躬，转眼不见……
狗跟公主上台阶，
看着公主真作孽。
它汪汪地叫得很凶，
就像它的心在绞痛。

它像是说："扔了吧！"

公主轻轻拍拍它，

同时对它亲切说话：

"你怎么啦，小鹰？躺下！"

她说完就走进房，

把门轻轻给关上。

她在窗前坐下纺纱，

等待亲哥哥们回家。

她老去看那苹果，

苹果熟了，汁水多，

又是新鲜，又是芳香，

又是鲜红，又是金黄，

好像用蜜糖灌满，

连核也能看得见……

她原想等中饭时吃，

可怎么也等待不及，

就把苹果拿在手，

送到她的樱桃口边，

不急不忙咬一小口……

把它咽到肚子里头……

忽然她，我们的小公主，

摇晃一下，咽了气，

雪白的手垂在身旁，

鲜红苹果落到地上。

一双眼睛翻了白，

在桌子前倒下来，

头落到了长凳子上，

一动不动，一声不响……

这时候那七兄弟，

回家来到院子门口，

汪汪叫着，那狗扑来。

狗领他们进院子。

兄弟们说："准坏了事！

情况看来十分不妙。"

他们马上撒腿就跑。

进去一看——哎哟哟！

狗跑进来，汪汪叫，

事情看来很清楚，
苹果里面灌满毒。
七兄弟在公主面前，
呆呆站着，无限心酸。
他们从长凳上抬起她来，
想要把她入土安葬。
可一下又改主意，
因为她像在梦里，
她静卧着那么安谧，
像是活着，只少口气。
一连等了三天整，
可是公主没有醒。
他们只好举行丧仪，
把公主放到水晶棺里，
然后他们七兄弟，
把它抬到一个荒山，
半夜时候，用些铁链，
小心地把水晶棺，

拴在六根柱子间，

再在玻璃棺的周围，

用道栏栅围了起来——

他们对着这亡妹，

恭恭敬敬行了礼。

当天那个恶毒皇后，

一心只把喜讯等候，

偷偷拿起那镜子，

问它这个老问题：

"你说，世上可是我最可爱，

最红润，最雪白？"

接着听到镜子回答说：

"皇后，一点也不错，

是皇后你最可爱，

最红润，最雪白。"

这时叶利赛王子，

为了他的未婚妻，

骑着马儿找遍各处，

可找不到，不禁痛哭。

不管他问什么人，

个个觉得伤脑筋。

有人当面把他嘲笑，

有人赶紧避开拉倒。

最后这个年轻人，

向红太阳来询问：

"我们亲爱的红太阳，

你整年在空中来往，

你把严冬，换成温暖的春天，

下面的人，都逃不过你的眼。

难道你会不告诉我：

你在世上可曾见过

一位年轻的公主？

我是她的未婚夫。"

"我亲爱的，"太阳答道，

"公主我可没有见到。

她可能已不在人世间。

可是我的邻居，那月亮，

看见过她也说不定，
或者发现她的踪影。"

叶利赛内心忧闷，
一直等到夜沉沉。
但等月亮的脸一露，
他就追着，向它哀求：
"月亮，月亮，行行好，
我的朋友，明月亮！
你在漆黑当中上升，
圆圆脸盘，亮亮眼睛，
繁星爱你模样好，
一直盯住你在瞧。
难道你会不告诉我：
你在世上可曾见过
一位年轻的公主？
我是她的未婚夫。"
"我的兄弟，"明月答道，
"这位美人我没见到。

该我值班的时候，

我才来天上看守。

看来公主跑了过去，

正碰上我不在这里。"

王子说道："真可惜！"

明月继续说下去：

"等等，风也许会知道，

它会帮你把她找到。

你现在去找找它。

不要难过，再见吧。"

叶利赛丝毫不气馁，

大声叫着，把风来追：

"风啊！你的气力好，

满天乌云能赶跑，

你使蓝海翻腾激荡，

你自由地吹遍八方。

你任何人都不怕，

难道你会不告诉我：

你在世上可曾见过

一位年轻的公主？

我是她的未婚夫。"

"等等，"狂风回答他说，

"就在静静河流对过，

有一座山高高耸，

山中有个深深洞，

洞里阴暗，十分凄惨，

里面有个水晶的棺。

它悬挂在铁链上，

在柱子间摇摇晃。

这个地方没有人迹，

棺中有你那未婚妻。"

风说完了又远跑。

王子听了哭号啕，

马上前去找那荒地，

找他美丽的未婚妻，

哪怕看一眼也好——

他一个劲向前跑。

面前陡峭高山耸立，

高山周围是片荒地，

山下有个黑洞口，

他赶快向里面走。

洞里阴暗，凄凄惨惨，

摇晃着的，是水晶棺。

在那水晶棺里面，

正是公主在长眠。

他用尽了浑身力气，

把水晶棺拼命捶击。

棺材一下给打破，

公主忽然又复活。

她惊讶地四下张望，

她在铁链上面摇晃。

她叹口气，开口道：

"睡了多长一大觉！"

她从水晶棺里起身……

啊！……两人不禁痛哭失声。

王子抱起了公主，

离开黑洞去亮处。

他们一路回转家乡，

高高兴兴，倾诉衷肠，

消息已经到处传：

公主活着在人间！

这时那个恶毒后娘，

在王宫里闲得发慌。

她又坐到镜子前，

跟这镜子闲聊天：

"世上可是我最可爱，

最红润，最雪白？"

只听镜子回答说：

"你是漂亮，这没错。

可是公主最可爱，

最红润，最雪白。"

087

恶毒后娘跳起来，

镜子摔个粉粉碎。

她一直向门口跑去，

正好迎面碰到公主。

皇后别提多心伤，

就此呜呼一命亡。

把这皇后土里一埋，

大喜事就办了起来。

叶利赛和未婚妻，

两人举行结婚礼。

像这样的盛大酒宴，

自古以来无人得见。

我也在座，喝酒又吃蜜，

只是把胡子沾湿一点。

威武的勇士

窗下三个大姑娘，

很晚还在把纱纺。

一个姑娘首先开口：

"一旦我能当上皇后，

我要做出好饭菜，

请天下人吃痛快。"

她的妹妹接着开口：

"一旦我能当上皇后，

我要独自织出布，

给天下人做衣服。"

小妹妹她最后开口：

"一旦我能当上皇后，

要为沙皇老人家，

生个勇士大娃娃。"

她这句话刚说出来，
门就轻轻咿呀打开。
来的正好是沙皇，
走进明净的正房。
他刚才在板墙外面，
一直偷听她们聊天。
最后一个说的话，
叫他心里开了花。
"你好，我美丽的姑娘，
你就做我皇后，"他讲，
"请你就在九月里，
给我生个大勇士。
还有你们亲姐姐俩，
也请离开这屋子吧，
跟我一起进宫去，
跟小妹妹到宫里。
一个给我纺纱织线，
一个给我烧菜做饭。"

沙皇爷他出屋门，

大伙一起进皇宫。

沙皇没有多做准备，

当天晚上成亲匹配。

萨尔坦在盛宴上，

跟皇后她坐成双。

最后在座那些贵宾，

簇拥着这一对新人，

送他们珍奇异宝，

祝他们天长地久。

厨娘在厨房里发怒，

纺织娘在机旁痛哭，

对沙皇的那娇妻，

非常非常之妒忌。

可是那位年轻娘娘，

一点没有耽误时光，

很快她就有了喜。

这时爆发了战事。

沙皇辞别他的妻房，

翻身骑到骏马身上，

叮嘱皇后多保重，

把他牢牢记心中。

随后他在遥远地方，

久久打着激烈的仗。

不久皇后到产期，

上天赐个健儿长一米。

皇后把他悉心爱护，

就像母鹰爱护鹰雏。

她派了人去报信，

好让孩子爹高兴。

可纺织娘和厨娘俩，

加上老婆子这亲家，

一心想把皇后害，

吩咐拦住那信差。

她们另外派了个人，

送去这样一封凶信：

"皇后夜里生下的，

不是男也不是女，

既非耗子，也非青蛙，

是只怪兽，不知是啥。"

沙皇接到这封信，

这个噩耗猛一听，

登时气得失去理智，

想把送信的人绞死。

可是总算回了意，

叫他带回这圣旨：

"先等皇上班师回京，

然后再做合法决定。"

信差于是转回程，

带着圣旨到京城。

可纺织娘和厨娘俩，

加上老婆子这亲家，

叫人灌醉这信使，

偷走带回的圣旨，

然后在他空口袋里，
另外塞进一封假的。
那位信差醉醺醺，
当天呈上那假信：
"本皇吩咐王公贵族，
立即照办，不得耽误：
把皇后和那怪种，
暗投无底大海中。"
贵族深为皇上忧伤，
也很可怜皇后娘娘，
可是一点没办法，

只好寝宫来见她。

他们传达皇上命令，

宣布母子俩的厄运。

他们读完了圣旨，

就把他们母与子，

双双装进一个木桶，

涂上焦油，推它滚动。

扑通！木桶滚进大海里——

这是沙皇的旨意。

蓝天上繁星闪耀，

蓝海里波浪滔滔，

乌云在空中飘走，

木桶在海上漂浮。

皇后像个苦命寡妇，

在木桶里哆嗦着哭。

孩子在桶里长大，不是论天，

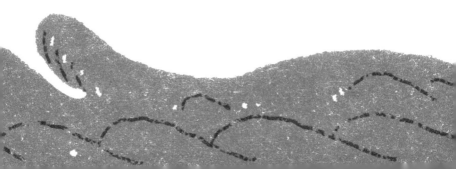

而是一个钟头大一点。

一天过去，皇后还在恸哭……

孩子已把波浪催促：

"你呀，我的浪啊浪！

你自由地在闲荡，

但凭高兴，随处冲击，

冲蚀海上那些礁石，

你淹没了海岸边；

你托起了那些船——

你可别把我们吞吃，

快把我们送上陆地！"

海浪乖乖听他话，

简直只是眼一眨，

把桶轻轻送上岸来，

随即悄悄退回大海。

母子两人脱了险，

只觉来到了地面。

可谁来把他们放出木桶？

难道上天就让他们送命？

儿子一下站起身，

用头去把桶底顶。

他稍稍地用点力气，

他的嘴里咕咕嘀嘀：

"这里开个窗子倒不坏！"

木桶顶穿，他就走出来。

母子得救，抬头一望，

田野广阔，有个土冈。

蓝海四面包围住，

冈上有棵绿橡树。

儿子心中暗暗思忖，

晚饭总得饱吃一顿。

他橡树枝掰一根，

把它弯成一张弓。

再用衣服的丝线，

绷在上面，作为弓弦。

又掰一根细长芦苇秆，

削成轻快的利箭。

然后他往大海边走，

去找野禽或者野兽。

他刚来到大海旁，

听见呻吟声在响……

海上显然很不平静，

一看——出了不幸事情：

微波之中天鹅在挣扎，

上面老鹰盘旋要逮它。

可怜天鹅噼噼啪啪，

浑浊海水溅起浪花……

老鹰爪子张得大又大，

磨利血腥尖嘴巴……

就在这时，一声箭响，

正好射在老鹰颈上——

老鹰的血落水中，

王子放下他的弓。

只见老鹰往海里沉，

发出惨叫，不像鸟声。

天鹅在它旁边游，

用嘴猛啄它的头，

要让恶鹰早点断气，

张开翅膀，拍它沉到海底。

接着天鹅说人话，

把这件事告诉他：

"王子，我的救命恩人，

是你救了我的性命。

你为了我，三天将挨饥，

你的箭也沉海底——

可你不必为此难过，

这倒霉事不算什么。

你的恩情我要报，

我要为你效大劳：

你搭救的不是天鹅，

是把一个姑娘救活，

你杀死的不是鹰，

是个恶巫害人精。

我永不会把你忘掉，

你到处能把我找到。

不要忧伤别苦恼，

现在先去睡一觉。"

天鹅说完，随即飞走，

留下王子，还有皇后。

他俩没吃也没喝，

整天就是躺着过……

等到王子张开眼睛，

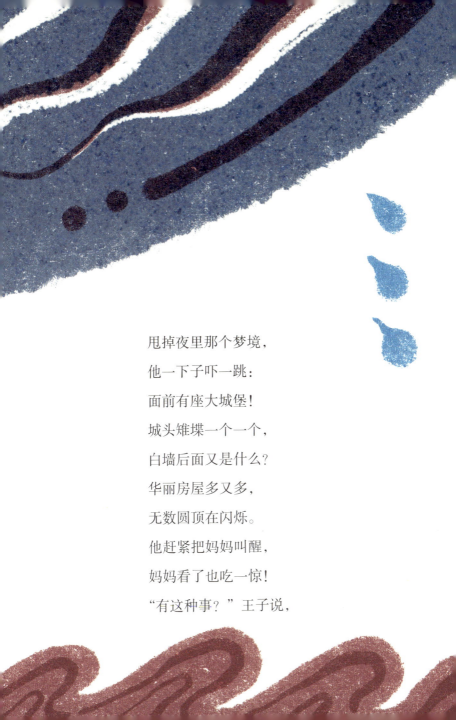

甩掉夜里那个梦境，

他一下子吓一跳：

面前有座大城堡！

城头雉堞一个一个，

白墙后面又是什么？

华丽房屋多又多，

无数圆顶在闪烁。

他赶紧把妈妈叫醒，

妈妈看了也吃一惊！

"有这种事？"王子说，

"对了，准是那天鹅。"

母子于是向城堡走，

可刚踏进城门里头，

一下四面钟声响，

震耳朵地叮叮当：

人群拥到他们这里，

大臣服饰亮晶晶，

坐金马车来欢迎，

向他们俩大声请安，

给小王子戴上王冠，

宣布王子为国君，

管辖公国的臣民。

王子得到皇后允许，

在自己的这座城里，

从这天起执了政，

取了个名叫吉东。

风在海上轻轻地吹，

船给吹得疾走如飞。

船上的帆鼓鼓胀，

船儿乘风又破浪。

船上的人感到惊奇，

在甲板上挤在一起。

面前这岛太熟悉，

如今却是出奇迹：

新的城堡金顶灿烂，

码头围着坚固木栅。

忽听排炮轰隆隆，

关照这船把岸拢。

客商于是停靠码头，

吉东大公请去吃酒，

款待他们喝和吃，

又向他们问问题：

"诸位贩卖什么东西？

你们如今去哪里？"

船上的人回答说：

"整个世界我们都去过。

我们买卖玄狐紫貂，

买卖各种贵重皮料。

如今到期回家乡，

正在直驶向东方。

只等把布扬岛一过，

就到光荣的萨尔坦那个皇国……"

大公说道："客人们，

祝愿一路都顺风，

平平安安漂过海洋，

去见光荣的萨尔坦沙皇，

并请替我问他好。"

接着客商就起锚。

吉东大公在海岸旁，

忧伤地送他们远航。

忽然那只白天鹅，

在流水上浮游着。

"你好，我英俊的大公！

干吗像阴雨天，忧心忡忡？

这样伤心为了啥？"

天鹅这样盘问他。

大公听完，悲伤地说：

"忧愁正在吞噬着我。

它苦恼我这年轻人，

我想见见我父亲。"

天鹅说道："原来这样！

那么好吧，你听我讲：

你想上船吧，大公？

你就变只小蚊虫。"

天鹅说完，鼓动翅膀，

把水拍得噼啪地响。

大公被水溅一身，

从头到脚湿淋淋。

他转眼就缩成一个点子，

变成一只小小蚊子。

蚊子马上嗡嗡飞，

把海上那大船追，

悄悄落到那船上面，

钻到一道缝隙里边。

风轻快地呼呼吹，

船向前航快如飞，
那布扬岛已经过了，
直驶萨尔坦的皇国。
这期待着的国土，
转眼出现在远处。
客商纷纷离船上岸，
萨尔坦请他们去玩。
我们那位大胆好汉，
跟着飞到皇宫里面。
只见那萨尔坦沙皇，
在宫殿里，浑身金光，
头戴皇冠，坐在宝座上，
可他脸上很忧伤。

那纺织娘和厨娘俩，

还有老婆子这亲家，

坐在沙皇他两旁，

牢牢盯住那沙皇。

沙皇请客人到桌旁坐下，

接着开口，问他们话：

"诸位走的时间有多长？

到过哪一些地方？

海外情况是好是坏？

有什么事稀奇古怪？"

船上的人回答说：

"整个世界我们都去过。

海外生活可是不坏，

有件事情真叫奇怪！

海上本来有个陡峭的荒岛，

人不能住，船也没法靠，

它就这样一片荒芜，

上面只长一棵橡树。

可是如今这个岛，

忽然出现新城堡，

内有王宫、漂亮花园，还有楼房。

吉东大公坐镇这个岛，

他要我们问您好。"

沙皇听了惊讶地说：

"只要我有一天活着，

要到那奇岛去观光，

把这吉东来拜访。"

可纺织娘和厨娘俩，

还有老婆子这亲家，

不愿萨尔坦沙皇，

上这奇岛去拜访。

"说实在的，稀奇个啥，"

厨娘首先开口说话，

狡猾地向另外两人眨眼睛，

"海上这么一座城！

要说稀奇，这才算数：

林中有棵枞树，树下有只松鼠。

这松鼠会唱曲子，

一天到晚啃榛子。

这些榛子非同小可，

外面全都裹着金壳，

榛肉都是绿宝石——

这才算得是奇事。"

沙皇听了十分惊讶，

蚊子听了气得咬牙——

它一下子飞去叮

这坏姨妈的右眼睛。

厨娘登时吓青了脸，

昏倒过去，变成独眼。

侍从、纺织娘和亲家，

嚷嚷着要逮住它。

"你这蚊子真真可气!

我们一定要逮住你!"

可是蚊子飞到窗子外,

安然飞过大海回家来。

大公正在海边徘徊,

两眼牢牢望着大海。

忽然那只白天鹅,

在流水上浮游着。

"你好,我英俊的大公!

干吗像阴雨天,忧心忡忡?

这样伤心为了啥?"

天鹅这样盘问他。

大公听完,悲伤地说:

"忧愁正在吞噬着我。

我想得到个奇迹,

据说它是这样的:

林中有棵枞树,树下有只松鼠,

说是奇迹，毫不含糊——

这松鼠会唱曲子，

一天到晚啃榛子。

这些榛子非同小可，

外面全都裹着金壳，

榛肉都是绿宝石——

不过也许是胡扯。"

天鹅听了这样回答：

"松鼠的事可是不假。

这个奇迹我知道。

亲爱的大公，别苦恼。

这一件事，出于交情，

为你效劳，我很高兴。"

大公听了心痛快，

迈开大步回家来。

他刚走进宽大庭院——

怎么？只见高大枞树下面，

有只松鼠在那里，

正在啃着金榛子，

把绿宝石给啃出来，

把壳全都扒拉成堆——

有大堆，有小堆——

然后唱歌叫人醉，

唱给所有正直人听：

在花园里，在菜园中。

吉东大公心惊讶，

"谢谢，"不禁说出心里话，

"但愿上帝让那天鹅，

能够跟我一样快活。"

大公于是给松鼠，

造了一间水晶屋，

派人把它好好守卫，

同时专派一名官吏，

榛子数目算清楚。

得利的是大公，得荣誉的是松鼠。

风在海上轻轻地吹，

船被吹得疾走如飞。

船上的帆鼓鼓胀，

船儿乘风又破浪。

它经过那陡峭的岛，

它经过那雄伟城堡。

忽听排炮轰隆隆，

关照这船把岸拢。

客商于是停靠码头，

吉东大公请去吃酒，

款待他们喝和吃，

又向他们问问题：

"诸位贩卖什么东西？

你们如今去哪里？"

船上的人回答说：

"整个世界我们都去过。

您问贩卖什么吗？

都是顿河好骏马。

如今回家期限到，

前面还有路迢迢：

只等把布扬岛一过，

就到光荣的萨尔坦那个皇国……"

大公说道："客人们，

祝愿一路都顺风，

平平安安漂过海洋，

去见光荣的萨尔坦沙皇，

并请替我对他道：

吉东大公问他好。"

客商向他鞠过了躬，

于是出来，动身起程。

大公又向海边走，

天鹅正在波浪上面游。

大公求它：我的心在恳求，

它在把我远远带走……

天鹅又溅他一身，

从头到脚湿淋淋：

大公变了一只苍蝇，

马上动身，一路飞行，

飞在天和海之间，
落在船上——钻到缝隙里面。

风轻快地呼呼吹，
船向前航快如飞，
那布扬岛已经过了，
直驶萨尔坦的皇国。
这期望着的国土，
转眼出现在远处。
客商纷纷离船上岸，
萨尔坦请他们去玩。
我们那位大胆好汉，
跟着飞到宫里面。
只见那萨尔坦沙皇，
在宫殿里，浑身金光，
头戴皇冠，坐在宝座上，

可他脸上很忧伤。

纺织娘和老婆子这亲家，

还有独眼的厨娘她，

坐在沙皇他两旁，

像癞蛤蟆朝他望。

沙皇请客人到桌旁坐下，

接着开口，问他们话：

"诸位走的时间有多长？

到过哪一些地方？

海外情况是好是坏？

有什么事稀奇古怪？"

船上的人回答说：

"整个世界我们都去过。

海外生活可是不坏，

有件事情真叫奇怪！

大海当中有个岛，

岛上有座大城堡，

内有王宫，金顶礼堂，

漂亮花园，还有楼房。

宫前长着棵枞树，

树下有座水晶屋，

屋里有只听话的松鼠，

它好玩得形容不出！

这松鼠会唱曲子，

一天到晚啃榛子。

这些榛子非同小可，

外面全都裹着金壳，

榛肉都是绿宝石，

松鼠有人守卫着，

有各种人把它服侍，

还专派了一名官吏，

榛子数目计算清，

军队向它把礼敬。

榛子金壳铸成金币，

这种金币流通各地。

姑娘收集绿宝石，

放进国库保存着。

岛上的人个个富裕，

到处楼房，没有小屋。

吉东大公坐镇这个岛，

他要我们问您好。"

沙皇听了惊讶地说：

"只要我有一天还活着，

要到奇岛去观光，

把这吉东来拜访。"

可纺织娘和厨娘俩，

还有老婆子这亲家，

不愿萨尔坦沙皇，

上这奇岛去拜访。

纺织娘她暗暗冷笑，

对着沙皇这样说道：

"这有什么稀奇？嗨！

不过是松鼠咬石块，

把金子壳给吐出来，

把绿宝石扒拉成堆，

不管是真还是假，

我看不值得惊讶。

世上倒有一个奇闻，

说是海上波浪汹涌，

发出涛声声震天，

冲上荒凉海岸边。

只见激流一下分开，

在海岸上一下出来

勇士三十三名，

盔甲像火耀眼睛，

个个勇敢，个个英俊，

个个魁梧，个个年轻，

个个一样，像经过挑选，

黑海大爷是他们的统领官。

要说稀奇，这才稀奇，

这才真正是个奇迹！"

聪明客人不作声，

大家不想跟她争。

沙皇听了十分惊讶，

吉东听了气得咬牙——

它一下子飞去叮

这坏姨妈的左眼睛。

纺织娘可吓青了脸，

一声哎哟，变成独眼。

大伙嚷嚷："赶快抓，

把它拍死，拍死它……"

"这就捉到！就等着看……"

可是大公已到窗前，

他安然地飞过大海，

回到自己家乡来。

大公在蓝海边徘徊，

两眼牢牢望着大海。

忽然那只白天鹅，

在流水上浮游着。

"你好，我英俊的大公！

干吗像阴雨天，忧心忡忡？

这样伤心为了啥？"

天鹅这样盘问他。

大公听完，悲伤地说：

"忧愁正吞噬着我。

我想让个大奇迹，

出现在我这领地。"

"你说的是什么事情？"

"说是海上波浪汹涌，

发出涛声声震天，

冲上荒凉海岸边。

只见激流一下分开，

在海岸上一下出来

勇士三十三名，

盔甲像火耀眼睛，

个个勇敢，个个英俊，

个个魁梧，个个年轻，

个个一样，像经过挑选，

黑海大爷是他们的统领官。"

天鹅听了，回答他说：

"原来你为这事难过。

亲爱的大公，别烦恼，

这个奇迹我知道。

你所说的海上勇士，

正是我的同胞兄弟。

去吧，不要再难过，

去等我的兄弟来做客。"

大公于是忘了忧伤，

走去坐在高塔顶上。

他定睛把大海瞧，

大海忽然浪滔滔。

只见激流一下分开，

在海岸上一下出来

勇士三十三名，

盔甲像火耀眼睛，

勇士两个两个一排，

前面一位白发皑皑，

这位大爷把队带，

直向城堡走过来。

吉东大公跑下尖塔，

把这一队贵客迎迓。

他们很快就来到，

大爷告诉大公道：

"是天鹅把我们兄弟，

派到你的城堡这里。

守卫你这光荣的城堡，

在它周围巡逻和瞭哨。

从今以后，我们每天

在这高大城墙旁边，

要从大海里出现，
没有一天会间断。
我们很快又能相见，
现在得回大海里面。
陆地空气不好受……"
说着他们回到海里头。

风在海上轻轻地吹，
船被吹得疾走如飞。
船上的帆鼓鼓胀，
船儿乘风又破浪。
它经过那陡峭的岛，
它经过那雄伟城堡。
忽听排炮轰隆隆，
关照这船把岸拢。
客商于是停靠码头，
吉东大公请去吃酒，
款待他们喝和吃，
又向他们问问题：

"诸位贩卖什么东西？

你们如今要去哪里？"

船上的人回答说：

"整个世界我们都到过。

我们贩卖钢铁制品，

我们贩卖纯金纯银。

如今回家期限到，

前面还有路迢迢：

只等把布扬岛一过，

就到光荣的萨尔坦那个皇国……"

大公说道："客人们，

祝愿一路都顺风，

平平安安漂过海洋，

去见光荣的萨尔坦沙皇，

并请替我对他道：

吉东大公问他好。"

客商向他鞠了躬，

于是出来，动身起程。

大公又向岸边走，

天鹅正在波浪上面游。

大公求它：我的心在恳求，

它在把我远远带走……

天鹅又溅他一身，

从头到脚湿淋淋：

大公马上缩个不停，

变成一只小小蜜蜂，

他嗡嗡地飞上天，

赶上海上那艘船，

悄悄落在船尾上面，

钻到一道缝隙里边。

风轻快地呼呼吹，

船向前航快如飞，

那布扬岛已经过了，

直驶萨尔坦的皇国。

这期望着的国土，

转眼出现在远处。

客商纷纷离船上岸，

萨尔坦请他们去玩。

我们那位大胆好汉，

跟着飞到宫里面。

只见那萨尔坦沙皇，

在宫殿里，浑身金光，

头戴皇冠，坐在宝座上，

可他脸上很忧伤。

那纺织娘和厨娘俩，

还有老婆子这亲家，

坐在沙皇他两旁，

像癞蛤蟆朝他望。

沙皇请客人到桌旁坐下，

接着开口，问他们话：

"诸位走的时间有多长？

到过哪一些地方？

海外情况是好是坏？

有什么事稀奇古怪？"

船上的人回答说：

"整个世界我们都去过。

海外生活可是不坏，

有件事情真叫奇怪！

大海当中有个岛，

岛上有座大城堡，

每天都发生奇怪的事情，

海上一下波涛汹涌，

发出涛声声震天，

冲上荒凉海岸边，

只见激流一下分开，

在海岸上一下出来

勇士三十三名，

盔甲像火耀眼睛，

个个勇敢，个个英俊，

个个魁梧，个个年轻，

个个一样，像经过挑选，

黑海大爷是他们的统领官。

勇士两个两个一排，

绕着城墙走去走来。

他们保卫这个岛，

在它周围巡逻和瞭哨。

这些卫士最勇敢，

最可靠，最勤勉。

吉东大公坐镇这个岛，

他要我们问您好。"

沙皇听了惊讶地说：

"只要我有一天还活着，

要到奇岛去观光，

把这大公来拜访。"

纺织娘和厨娘不说话，

这回老婆子这亲家，

冷笑一声说起来：

"这有什么可奇怪？

大海走出人们这样，

为了巡逻，走去走来——

不管是真还是假，

我看不值得惊讶。

世上哪有这种奇迹？

可盛传着一件真事：

海外有位公主像天仙，

叫人看了不转眼。

白天她使日光失色，

黑夜她又照亮大地。

月亮在她发辫下闪亮，

星星在她脑门上放光。

她的神态那么端庄，

走路像孔雀般仪态万方。

当她说话的时候，

话像小溪淙淙流。

要说稀奇，这才稀奇，

这才真是一个奇迹！"

聪明客人不作声，

大家不想跟她争。

沙皇听了十分惊讶，

王子听了气得咬牙——

可老婆子的眼睛，

他还舍不得去叮，

就在她的头上打转

落到她的鼻子上面，

把她鼻子蜇一下，

上面登时起疙瘩。

接着又是一场慌乱：

"快救命啊，我的老天！"

"快救命啊！赶快抓，

把它拍死，拍死它……"

"这就捉到！就等着看……"

可蜜蜂早飞到窗子外面。

它安然地飞过大海，

回到自己家乡来。

大公在蓝海边徘徊，

两眼牢牢望着大海。

忽然那只白天鹅，

在流水上遨游着。

"你好，我英俊的大公！

干吗像阴雨天，忧心忡忡？

这样伤心为了啥？"

天鹅这样盘问他。

大公听完，悲伤地说：

"忧愁正吞噬着我。

每一个人要结婚，

就我没法配上亲。"

"你看中了什么对象？"

"据说在这世界之上，

有位公主像天仙，

叫人看了不转眼。

白天她使日光失色，

黑夜她又照亮大地。

月亮在她发辫下闪亮，

星星在她脑门上放光。

她的神态那么端庄，

走路像孔雀般仪态万方。

当她说话的时候，

话像小溪淙淙流。

就不知这是真是假。”

他担心地等着回答。

白天鹅停了停，

想了一下才出声：

“不错！是有这么一个姑娘，

可妻子跟手套不一样：

不能随手甩下来，

往你腰带里一塞。

我有一句忠言奉赠，

我说的话，你好好听：

你先好好想仔细，

以免后悔来不及。”

大公在它面前发誓，

说他已到结婚年纪，

说他已把这件事，

前前后后想仔细，

说他怀着炽烈的心，

要去寻找这位美人，

要把各处都走遍，

哪怕一直到天边。

天鹅深深叹了口气：

"走这样远倒也不必。

命定的人就在你的眼前等待着，

因为公主就是我。"

天鹅说着翅膀拍动，

一直飞到大海上空，

又从高处往下冲，

落到一丛矮树中，

把全身的羽毛抖去，

变成一位美丽公主：

月亮在她发辫下闪亮，

星星在她脑门上放光；

她的神态那么端庄，

走路像孔雀般仪态万方；

当她说话的时候，

话像小溪淙淙流。

大公马上拥抱公主，

紧贴自己温暖胸脯，

接着赶紧带了她，

来见亲爱的妈妈。

大公跪下，向她恳求：

"我生身的亲爱的母后！

我挑了个妻子给自己，

我挑了个孝顺女儿带给你。

求你允许我俩成家，

求你说句祝福的话。

祝福我们相亲相爱，

和美的日子过起来。"

皇后流着泪说："孩子们，

上天赐福你们两人。"

大公也不多做准备，

就跟公主成亲匹配。

幸福日子徐徐过，

期待子孙多又多。

风在海上轻轻地吹，

船被吹得疾走如飞。

船上的帆鼓鼓胀，

船儿乘风又破浪。

它经过那陡峭的岛，

它经过那雄伟城堡。

忽听排炮轰隆隆，

关照这船把岸拢。

客商于是停靠码头，

吉东大公请去吃酒。

款待他们喝和吃，

又向他们问问题：

"诸位贩卖什么东西？

你们如今去哪里？"

船上的人回答说：

"整个世界我们都去过。

我们总算没有白跑，

把所有物品都卖掉。

我们的路长又长，

如今回家到东方。

只等把布扬岛一过，

就到光荣的萨尔坦那个皇国……"

大公说道："客人们，

祝愿一路都顺风，

平平安安漂过海洋，

去见光荣的萨尔坦沙皇。

见到你们的国君，

请把这句话提醒：

他曾说过前来做客，

可到如今还没践约——

请代向他问声好。"

客人于是起了锚，

这回大公留在宫里，

没跟他的妻子分离。

风轻快地呼呼吹，

船向前航快如飞，

那布扬岛已经过了，

直驶萨尔坦的皇国。

这很熟悉的国土，

转眼出现在远处。

客商纷纷离船上岸，

萨尔坦请他们去玩。

客商看见宫里面，

沙皇头上戴皇冠，

那纺织娘和厨娘俩，

还有老婆子这亲家，

坐在沙皇他两旁，

像癞蛤蟆把他望。

沙皇请客人到桌旁坐下，

接着开口，问他们话：

"诸位走的时间有多长？

到过哪一些地方？

海外情况是好是坏？

有什么事稀奇古怪？"

船上的人回答说：

"整个世界我们都到过。

海外生活可是不坏，

有件事情真叫奇怪！

大海当中有个岛，

岛上有座大城堡，

内有王宫，金顶礼堂，

漂亮花园，还有楼房。

宫前长着棵枞树，

树下有座水晶屋，

屋里有只听话松鼠，

真好玩得形容不出！

这松鼠会唱曲子，

一天到晚啃榛子。

这些榛子非同小可，

外面全都裹着金壳，

榛肉都是绿宝石，

松鼠有人守卫着。

那里还有奇怪事情：

海上一下波涛汹涌，

发出涛声声震天，

冲上荒凉海岸边，

只见激流一下分开，

在海岸上一下出来

勇士三十三名，

盔甲像火耀眼睛，

个个勇敢，个个英俊，

个个魁梧，个个年轻，

个个一样，像经过挑选，

黑海大爷是他们的统领官。

这些卫士最勇敢，

最可靠，最勤勉。

大公夫人像天仙，

叫人看了不转眼。

白天她使日光失色，

夜里她又照亮大地。

月亮在她发辫下闪亮，

星星在她脑门上放光。

吉东大公治理这城，
百姓对他衷心称颂。
他要我们问候您，
同时把话来提醒：
您曾说过前去做客，
可到如今还没践约。"

沙皇没法再忍耐，

吩咐备船去航海。
可纺织娘和厨娘俩，
还有老婆子这亲家，
不愿沙皇去远航，
到那奇岛去拜访。
可是沙皇根本不理，
叫她们仨快把嘴闭。
"我是沙皇还是娃娃？"

他可不是说笑话。

"我这就去！"他脚一蹬，

出去把门狠狠一碰。

吉东坐在窗子旁，

默默对着大海望。

大海不闹，也不汹涌，

只是微微有点波动。

这时蔚蓝的天边，

忽然出现一些船：

沙皇萨尔坦的船队，

在平静的海上开来。

吉东见了猛一跳，

他马上就高声叫：

"看哪，我亲爱的母亲！

看哪，我年轻的夫人！

你们快往那边看，

来了父亲坐的船。"

转眼船只靠近海岛，

大公端起望远镜瞧：

沙皇站在甲板上，

也在用望远镜望。

身边是纺织娘和厨娘俩，

还有老婆子那亲家，

看着这陌生的岛，

都惊讶得不得了。

礼炮一下轰轰齐放，

钟楼全都叮叮当当。

吉东亲自到岸旁，

迎接这位老沙皇，

还有纺织娘跟厨娘俩，

以及老婆子那亲家。

他把沙皇领进城，

话也没有说一声。

大家鱼贯进入宫殿，

门旁卫兵，甲胄耀眼。

沙皇面前站的是

三十三名勇士，

个个勇敢，个个英俊，

个个魁梧，个个年轻，

个个一样，像经过挑选，

黑海大爷是他们的统领官。

沙皇走进宽阔庭院，

只见高大枞树下面，

松鼠正在唱曲子，

啃啊啃着金榛子，

把绿宝石啃了出来，

吐进那些小小口袋。

整个大院全堆着

榛子那些金的壳。

客人赶紧再往前走，

看见——啊？大公夫人——真是少有：

月亮在她发辫下闪亮，

星星在她脑门上放光。

她的神态那么端庄，

走路像孔雀般仪态万方。

她搀扶着她婆婆，

沙皇一看就认得……

心怦怦地跳得厉害！

"怎么回事？我看到了谁？"

他激动得气也没法透……

眼泪不禁簌簌流。

他把皇后紧紧抱住，

还抱住儿子和儿媳妇。

大家坐在桌子旁，

快活宴席开了场。

可纺织娘和厨娘俩，

还有老婆子这亲家，

一下散开四处逃，

好容易才被找到。

她们只得坦白认错，

号啕大哭，认罪悔过。

沙皇正逢喜事心欢畅，

就放她们回家乡。

喝了一天——沙皇萨尔坦醺醺醉，

被扶上床，闷头大睡。

我也在场，大喝啤酒和蜂蜜，

只是沾湿了胡子。